POR TRÁS DAS PORTAS

Fanny Abramovich

Ilustrações **Suppa**

Por trás das portas
© Fanny Abramovich, 2003

Diretor editorial	*Fernando Paixão*
Editora	*Claudia Morales*
Editor assistente	*Emílio Satoshi Hamaya*
Preparador	*Imidio de Pina Barros Júnior*
Coordenadora de revisão	*Ivany Picasso Batista*
Revisoras	*Alessandra Miranda de Sá*
	Luciene Lima

ARTE
Editora	*Suzana Laub*
Editor assistente	*Antonio Paulos*
Editoração eletrônica	*Estúdio O.L.M.*
	Claudemir Camargo
Ilustração do personagem Vaga-Lume	*Eduardo Carlos Pereira*
Tratamento de imagem	*Cesar Wolf*

CIP-BRASIL. CATALOGAÇÃO NA FONTE
SINDICATO NACIONAL DOS EDITORES DE LIVROS, RJ

A14p

Abramovich, Fanny, 1940-
   Por trás das portas / Fanny Abramovich ;
ilustrações de Suppa. - 1.ed. - São Paulo : Ática, 2004.
   72p. : il. - (Vaga-Lume Júnior)

   Contém suplemento de atividades
   ISBN 978-85-08-09102-7

   1. Ficção infantojuvenil brasileira. I. Suppa
(Ilustradora). II. Título. III. Série.

09-2179.   CDD: 028.5
                                   CDU: 087.5

ISBN 978 85 08 09102-7 (aluno)
ISBN 978 85 08 09103-4 (professor)

2013
1ª edição
12ª impressão
Impressão e acabamento: **Grupo Vox**

Todos os direitos reservados pela Editora Ática, 2004
Av. Otaviano Alves de Lima, 4400 – CEP 02909-900 – São Paulo, SP
Atendimento ao cliente: 4003-3061 – atendimento@atica.com.br
www.atica.com.br

IMPORTANTE: Ao comprar um livro, você remunera e reconhece o trabalho do autor e o de muitos outros profissionais envolvidos na produção editorial e na comercialização das obras: editores, revisores, diagramadores, ilustradores, gráficos, divulgadores, distribuidores, livreiros, entre outros. Ajude-nos a combater a cópia ilegal! Ela gera desemprego, prejudica a difusão da cultura e encarece os livros que você compra.

POR TRÁS DAS PORTAS

Esconderijo de traficantes, centro de treinamento para espiões, depósito de tesouro dos piratas... Qual é o segredo escondido dentro daquele casarão misterioso?

Para descobrir, só indo lá para ver o que se esconde por trás das portas. Opa... tem algo se mexendo ali... É uma cobra! Pessoal, bater em retirada!

Ufa! Que corre-corre! Seguir os passos dessa turma não vai ser fácil! É bom eles tomarem cuidado, porque nunca se sabe qual a nova surpresa que vão encontrar pela frente...

Conhecendo
Fanny Abramovich

Foto: Bob Wolferson

Ter mais de um milhão de crianças que já leram e adoraram seus livros, ser aplaudida de pé em todas as palestras que faz. Só bem poucas pessoas conseguem isso. Como a paulistana Fanny Abramovich. Sempre alto-astral, ela se diverte com tudo. E leva todo esse bom humor para o Brasil inteiro, nos seus encontros com o público ou através das páginas de seus livros.

Pedagoga, escritora, professora de crianças, jovens e adultos, trabalhou também no jornalismo e foi atriz de teatro e televisão.

Com sua maneira supercriativa de escrever, gosta de inventar expressões novas, que a criançada entende fácil e curte muito. Brinca com os sons das palavras, e aí os seus textos até viram poesia. Ritmo rápido e envolvente, suas histórias são criadas para serem lidas no maior pique. E sempre deixam aquela vontade de ler de novo. Pode conferir!

Monteiro Lobato é seu único amor eterno.

Seguidora do pensamento "Duvido, logo existo", morre de medo de botar ponto-final nas coisas, como dito e finalizado. Prefere as reticências, "abridoras de possibilidades não definitivas", e os pontos de interrogação, "perguntantes e perplexantes".

Não se considera sucesso estrondoso nem se importa com a fama. Quer ser inesquecível, marcante na vida de muita gente. Alguém duvida que ela já é?

Com mais de 40 livros para crianças publicados, Fanny tem outro livro na série Vaga-Lume Júnior: *Pacto de sangue*, tão bom quanto este.

Para

Carmen Lucia Campos,
que usou chaves mestras para abrir
todas as portas para todos.
E que agora,
sem nem querer o endereço do
chaveiro,
resolveu abrir algumas para ela mesma.

Torcendo por descobertas deleitantes
nas suas novas e múltiplas caminhadas.

Sumário

1. Bom dia! — 9
2. Prontos para a saída! — 14
3. Pela estrada afora — 16
4. A porta da entrada — 21
5. A primeira porta — 24
6. A segunda porta — 27
7. A terceira porta — 31
8. A quarta porta — 36
9. A quinta porta — 40
10. A sexta porta — 46
11. A sétima porta — 53
12. Acelerada na estrada — 59
13. Prosa na varanda — 65
14. Boa noite! — 69

1 Bom dia!

A manhã acordou no Hotel-Fazenda. Espreguiçou, bocejou, deu um tempo pra resolver se ia ter sol ou não. Clareou. Mocinhas uniformizadas corriam dum lado pro outro. Arrumando as mesas pro café. Senhoras passando com bandejas enormes. Queijos fatiados, presuntos, salames, queijos brancos. Cestinhas repletas com diferentes pães. Fruteiras com melão, mamão, melancia. Cheiros e cores convidantes. Finalmente, tudo pronto. Um sino badalou alto. Várias vezes. Anunciando que a comida já estava nas mesas.

Alguns hóspedes madrugadores sentaram. Uns esportistas chegaram suados, cansados, esfomeados. Na ponta duma mesa, Renata repetindo os pãezinhos e torradas lambuzados com muita manteiga e geleias coloridas. Devorando tudo. Mandou ver copos de suco de laranja, depois com leite cremoso. Pra arrematar, pratão com frutas. Gostou. Limpou a boca e avisou que, mais tarde, ia voltar pra outra boquinha.

Outros hóspedes começaram a sair de seus quartos. Sem pressa. Clima de férias. De preguiça, de tempo sobrando. Na piscinona, senhoras e garotas fingindo nadar. Na piscininha, uns pequerruchos berradores adorando se molhar. Criancinhas balançando, gangorreando, subindo e descendo do escorregador. Contentíssimas!

    Gente esticada nos relvados, nas espreguiçadeiras, tomando sol. Uns proseando nas mesas do jardim, outros se preparando para ir pescar na represa. Alguns, na espera do cavalo alugado. Maior vontade de aproveitar muito bem o dia!

    Uma monitora chegou animadinha. Chamando as crianças prum jogo diferente. Com duas bolas. Contentíssima com a sua ideia novidadeira! Os pais empurraram os filhotes, os irmãos adolescentes empurraram os irmãos menores, todo mundo que podia empurrou uma criança. No final, juntou um monte. De dois até uns doze anos. Saco de gatos.

    Duda enfezou. Resmungou. Outra baita perda de tempo. Alê declarou. Melhor continuar dormindo do que bater bola no berçário. Duda convidou cochichando. Cair fora e aterrizar longe da gangue das fraldas molhadas. Alê topou, sem nem perguntar pra fazer o quê.

    Renata acenou pro Alê, seu irmão, e continuou devorando uma mexerica. Chegou perto e perguntou o que iam fazer. Alê destrambelhou. Saber, só sabia que não ia entrar no jogo. *Never*, nunca, nunquinha-da-silva. Desde a chegada no hotel, neste suplício de disputar joguinhos cretinos com pentelhinhos engatinhadores ou chatonildos andantes.

    Renata gargalhou. Jogaço com bola era só o início do dia fervilhante. A monitora avisou que, depois, ia acontecer uma imitação de bichos hilária... e, mais tarde, teatrinho. No diminutivo. Teatrinho com fantoches contando a história do Pinóquio. Programa para entusiasmar uma baleia. Aquela que engoliu o menino mentiroso com o nariz encompridante... Chatura!!! Impossível encarar um desprogramaço destes.

　Duda se achegou. Puxou os dois irmãos. Hora de inventar um programa diferente. De dar um basta praquelas monitoras bobocas. De elas começarem a desconfiar que gente com dois ou onze de idade não curtia exatamente os mesmos jogos, não tinha o mesmo tamanho e o mesmo fôlego, não achava um barataço a mesmíssima atividade, e nem morria de espanto com velharias disfarçadas de novidade... Tipo habitante de diferentes planetas.

　Alê cortou o discurso. Cutucou e alavancou a desembestação de ideias. Nadar, caçar, pescar, subir em árvores, correr, saltar, percorrer trilhas... Ou ler, desenhar, patinar, *skatear*, procurar um tesouro perdido... Ou fazer um piquenique, canoagem, soltar pipas.

　No meio da falação Lea achegou. Como sempre, no maior à-vontade. Sorriu, sentou e entrou na palpitação.

　Renata levantou, farejou e desapareceu por um tempão. Voltou ouriçada. Acesíssima. Pronta pra mostrar uma descoberta palpitante. Puxou os três prum ponto perfeitamente enxergante. Apontou, sinalizou. Lá longe, bem longe, muito longe, uma casa. Todo mundo viu. Perguntou. O que era, de quem era, pra que era?? Silêncio sem chutes. Ninguém fazia a menor ideia.

Parecia ser uma casa abandonada. De longe, nenhum sinal de vida. Bateu estranheza. Nenhum monitor ou guia do hotel falou dum passeio até lá... No mapa das redondezas do hotel, não aparecia. Com destaque ou sem destaque.

Altas cismas. Fechada para turistas, esconderijo de contrabandistas, o castelo do Conde Drácula caipira que não chupava sangue, mas comia farofa com torresmo e queijo com muito melado.

Renata piscou decidida. Alê gargalhou, Duda levantou o polegar direito, Lea sorriu animada. Vontadona de ir até lá. Descobrir os segredos escondidos do tal casarão. Fervilhou. Perguntação sobre andar quantos quilômetros pra chegar lá. Nenhuma ideia. Perguntação sobre quanto tempo de caminhada. Altas apostas. Variou duns vinte minutos até mais de três horas.

Renata declarou. Pra ela, nem-te-ligo pro tempo, pros quilômetros. Importante, se aventurar. Procurar um programa diferente, curtido, gostoso. Encarar por conta própria. Ou ficar na bestagem das ideias da monitora...

Duda achou Renata muito metida e mandona. Terceira vez que enturmava com ela, e ela sempre no comando. Engoliu a impressão sem dar bandeira. Tratou de organizar o pedaço. O que aprontar antes de partir pela estrada afora. Falação sobre tênis, maiôs, pulôver, bonés. Desembestamento geral. Ideias boas e ridículas. Cismas, empacamentos.

Demorou, resolveu. Cada um, na sua. Cor, tamanho, folgado ou apertado, pra neve ou calor tórrido, pra chuva ou deserto, problema de cada cabeça. Resolver sozinho e vir com a sua escolha. Vestido no corpo ou dentro da mochila.

Alê lembrou. Fuçar e apanhar objetinhos úteis. Tipo caixa básica de escoteiros. Lanterna, cantil, canivete, relógio, bússola. Procurar no quarto, descolar com as faxineiras. Perguntas ridículas. Respostas debochadas.

Renata iluminou. Providenciar comida. Leve, portátil, gostosa. Ia atacar a cozinha, escolher e pegar. Recomendou pra todos.

Renata apontou, sinalizou. Lá longe, bem longe, muito longe, uma casa.

Reforçar com um segundo café da manhã. Forrar o estômago pensando numa caminhada demorada, cansativa e esfomeante...

Pintou nervoso. Precisão de falar com os pais pra avisar do passeio. Altas empurradelas. Sobrou pro Duda. O mais alto, o mais forte, o um pouco mais velho. Ele tirou o corpo fora, empacou e acabou topando. Ia mostrar pros pais aonde iam e clarear sobre a demora pra voltar. Muito pra andar. Ida e volta. Passeio por conta própria. De ex-crianças. De *teens*. Todos com quase dez ou onze anos de idade. Dar um tchau e pedir bênção. Aplausos.

Disparada geral. Outro café da manhã, xixi, procurar, pôr ou pegar o importante pra levar. Encontro marcado. Na portaria em quinze minutos. Pra aproveitar bem o dia ensolarado e já calorento.

2 Prontos para a saída!

Alê e Renata pousaram no ponto de encontro. Juntíssimos. Ele carregando uma mochila com suas ferramentas-talvez-precisantes e ela exibindo uma cesta cheinha de delícias mordiscantes. Lea sorrindo com sua mochilinha repleta de soluções pruns mais-do-que-possíveis-imprevistos.

Por último o Duda, desfolegado pela corrida. Respirou e deu conta do cumprimento da sua tarefa. Falou com os pais de todos, apontou a casa aonde iam. Ouviu os avisos de sempre. Tomar todos os cuidados com tudo, não se derreter no sol, atenção com os perigos da estrada. Demorou horas até escutar um aliviante "Bom passeio!" Foi só escutar pra se mandar.

Do nada, a aproximada de duas pirralhinhas banguelas querendo ir junto. Sem ideia de pra onde… Birra e bebezices. Renata levou até o tanquinho de areia, deu tchau e desapareceu na curva. Dois garotinhos gritando como índios desvairados, berrando que iam cavalgar juntos. Alê fez uma careta medonha e os silvícolas sumiram calados…

Pegação das mochilas, amarração dos tênis, conferida geral e corrida até o portão da entrada. De lá, caminhando na estrada procurada. Direito. Direto.

3 *Pela estrada afora*

Renata repetiu o que viu quando descobriu a casa misteriosa. Caminho direto. Não reto. Do alto, pareceu ser uma estrada só. Perigava pintar uma bifurcação ou outra. Mas sem desvios para chegar no casarão. Tratar de caminhar. Acelerado. Um, dois, três...

No começo, uma estradinha de terra batida, bem da poeirenta, meio estreitosa. Sem passagem pra dois carros. Um indo e outro vindo. Parar e esperar. Algumas árvores, alguns descampados, algumas cerquinhas. Bem longe, montanhas e vales. Calmaria na paisagem.

Caminhada gostosa, ritmada. Duda puxou cantorias conhecidas e bem animadas. Deu numa marcha musical. Só faltou fanfarra acompanhando... De vez em quando, uma parada para descansar. Respirar, esticar, alongar... E em frente, marche.

Apostas pra chegar primeiro numa árvore grandota ou mínima, numa cerquinha ou pedra. Corridas entusiasmadas com piques e hurras. Mostração exibida de conhecer mais palavras difíceis ou mais estranhas. Inventações pro tempo passar sem cansar...

Renata sentiu o sol forte bater em sua cabeça. Se xingou baixinho. Esfaimada, só apanhou comidinhas. Esqueceu de pegar chapéu, boné, boina. Lea abriu sua mochila e retirou filtro solar. Renata ajoelhou agradecendo. Se lambuzou e protegeu a pele descoberta. Muito ótimo! Pra mostrar serviço de primeira, Lea apanhou uma bandana estreladinha e amarrou nos cabelos da Renata. Palmas e assobios... Lea sorriu satisfeita.

De repente, sem aviso nem preparação, a estradinha deixou de ser reta e estreita e passou a ser cheia de curvas. *Esses* e mais *esses*. Subidas e descidas. Caminho serpenteado de montanha. Canseira maior, entusiasmo igual. Desfolegamentos, pés apertados, dor nas pernas, suor. Olhos arregalados pra não perder nadíssima

da nova paisagem. Cotoveladas nas descobertas. Parada refrescante numa boa bica. Molhação do corpo suado e da garganta seca. Delícia bem recebida!!

Na estrada, nenhum movimento. Só eles. Alê reparou numa galinha e nuns galos caminhando e cocoricando na contramão. Deliciou. Comentou. Se fosse no estrangeiro, iam ver veados e alces disparando, brincar com esquilos, se esconder de ursos, fugir acelerado de tigres... Eles, brasucas, se contentando com galinhas e patos. Duda cortou o riso pra abrir a boca. Quase trombou com uma cabra. Desviou a tempo e evitou o acidente. Dos lados, descampados com umas poucas vacas preguiçosas. Paradeza bonita!

Duda aguentou firme os desconfortos. Pingou de suor, tirou a camiseta, avermelhou tanto o peito que quase virou índio apache de nascença. Ficou numas de pôr-tirar-xingar-suar-queimar-xingar. O nariz meio que inchou de tanto sol. Incomodou, coçou, irritou.

Protestou, enfezou, mas espalhou um creme da Lea pelo rosto. Embranqueceu mais que estátua de jardim. Enfeiou.

Pra Duda, dureza apertada foi segurar o xixi por quilômetros. Pingando suor, pingando xixi. O próprio Senhor Conta-Gotas. Desligou, contou carneiros e cabras, apertou as pernas, disfarçou. Quando não deu mais, correu pro mato, se escondeu atrás duma árvore e se livrou do tormento. Voltou seco e saltitante. Inventou uma dança apache agradecida às árvores do mato!!!

Marcha em frente, sem parar. Alê se gabou, pulou uma cerquinha mixa, levou um baita tombo. Rolou estatelado. Assustou com a queda, tremelicou com o machucado. Duda ajudou a levantar, Lea desencavou mertiolate e *band-aid*, Renata botou na boquinha do irmão balinhas bem adocicadas. Melhoria rápida.

Lea reclamou. Pediu tempo prum *relax* maneiro. Concordância geral. Esticada debaixo duma árvore, papos, risadas, mexidinhas nos dedos dos pés, muita bebeção de água. Descansada na sombra. Preguiça preguicenta.

Um grito horripilante da Renata quebrou a calmaria. Perguntação preocupada. Renata não conseguiu soltar nenhum som. Levantou o dedo tremendo e apontou uma cobra se mexendo. Pertíssimo, em cima dumas pedras. Cobra pequena, mas cobra. Meio marrom, meio verde. Alê cotovelou a galera. Levantar rápido, recolher tudíssimo e bater em retirada. Dito e feito. Xispada geral.

Volta pra estrada em marcha acelerada, olhar só pra frente. Atenção aos buracos, para não torpedear o andamento da fuga. Muitos metros depois, diminuição da velocidade. Os pulmões batendo palmas de contentes. Os olhos volteando para cima, pros lados.

Lea desatentou e pisou num formigueiro. Tremores dum terremoto nos Andes... Formação rápida da equipe livra-formigas. Bateção desapiedada, xôs-xôs com esmagamentos das ainda andantes. Lea muda e imóvel. Pernas inchando e avermelhando, soluços e figas. Conseguiu se afastar mancando, mas sem perder a pose. Uma mártir!! Uma heroína!!!

Precisão de melhorar o astral. Alê acendeu e começou a contar piadas. Engatação direta. Quase virou campeonato pra ver quem contava mais, melhor, mais divertidas, menos manjadas. Pausa gargalhante. Renata se encheu e deu um basta pras anedotas. Contar momentos divertidos. Acontecidos de verdade. Com cada um, em qualquer lugar. Risadas trepidantes.

Depois de muitos quilômetros andados, muito sol na cabeça, muita vontade de desistir e voltar pra piscina do hotel, muitas paisagens interessantes e repetitivas, muitas subidas e descidas, muita canseira e suor... pintou desânimo. Respirada profunda e quieta. Em frente! Muitas pedras puladas, chutadas, desviadas, sustos com centopeias e lagartos, aparvalhamento com abelhas zonzas... pintou mais desânimo.

Duda desatinou. Impossível ter que andar ainda mais. Subiu numa árvore alta, esticou o pescoço e anunciou. Casarão avistado! Alguns metros mais e chegada triunfal. Impossível esperar. Correria geral.

Duda anunciou. Casarão avistado! Impossível esperar. Correria geral.

4   *A porta da entrada*

Chegada corrida e parada acesa na entrada. Nenhuma portaria com guarda uniformizado, cachorro feroz, interfone, câmeras de vídeo. Nenhuma placa avisando PROIBIDO ENTRADA ou VISITAS SÓ ÀS TERÇAS E SEXTAS ou VENDE-SE ou ALUGA-SE PARA FESTAS. Nada de nada. Ninguém. Só um silêncio chamante.

Duda avaliou, decidiu. Deu alguns passos pra frente. Alê também avançou. Lea e Renata num compasso mais cauteloso. Olhadelas e escutações alertas. Espera nervosa dum grito ameaçante, tiro, pedra zoando, vistoria dos pés à cabeça. Nada. Nenhum estalido. O casarão branco, enorme, convidando pra achegar. Nada parecendo estar trancado. Só fechado.

O jardim, largadão. Cuidados, só os da própria natureza. Chuva, sol, vento, luz. Lea esticou o pescoço. No telhado, telhinhas lindas. Das de muito antigamente. Se encantou com a formosura!

Formou rodinha. Seguir, parar, rodear, sumir? Discussões, discursos, prós e contras. Renata teimou. Rodear e assuntar as laterais, o fundo. Duda e Alê, mantendo a firmeza. Entrar direto. Logo! Lea xeretando um jeito de subir no telhado e tocar nas telhas. Curiosidades explodindo.

Empurradelas cutucantes, pontapés paralisantes. Medos e curiosidades misturados. Vontade de ir, receio de avançar. Duda empacou na indecisão. Demorou, resolveu. Avançou e estacionou na porta da entrada. A principal. Olhou, acovardou, deu de costas. Alê sentiu o drama, passou pra frente. Bateu na porta. Várias vezes. Nenhuma resposta. Quietude total.

Renata começou a chamar. *Ô de casa! Ô de casa! Alô!!! Alô, Alô!* Como resposta, só silêncio... Lea seguiu a cantoria. *Por favor, abram a porta. Somos do bem! Gente amiga!* De repente, sem combinação ou piscadela, virou um coral. Quatro vozes pedindo para abrir a

porta. Nenhuma voz respondeu, nenhuma chave girou na fechadura. A porta principal continuou imóvel.

Duda tomou uma atitude. Subiu num galho de árvore, apoiou, espiou pela janela. Fechadíssima. Se equilibrou no ramo, quase escorregou, se firmou e tentou empurrar. Trancada. Impossível ver se tinha alguma pessoa lá dentro. Desceu desanimado.

Alê raciocinou alto. Nenhuma resposta pra nenhuma das tentativas de entrar... Bateção na madeira, chamados, cantorias. De tudo. Uma única conclusão. Ninguém na casa. Vazia, desabitada, abandonada. Uma perguntona. Nesta largação visível e escutável, entrar lá era invasão??

Lea se encheu com a discurseira. Afastou Alê, pegou a maçaneta, cruzou os dedos e segurou a respiração... A maçaneta girou de levinho e a porta se abriu. Maneira, suave. Direto na sala.

Corações batendo acelerado. Respiração descompassada. Cabeças atordoadas. Olhos girando em todas as direções. Paredes brancas, largas, altíssimas. Teto altérrimo, alvíssimo. Janelas de madeira pintadas de azul. Fechadas.

Dentro da sala, nada de nada. Nenhum móvel, nenhum quadro, nenhum abajur, nenhum vaso. Nenhum rastro, marca, sinal que alguém morou lá. Nenhum copo com água, garfo e faca

sobre a mesa, pente largado na cadeira, jornal dum dia qualquer, dum ano qualquer... Vazio!

Só portas. Muitas. Todas de madeira pesada, dura, sólidas. Todas pintadas de azulão. Todas fechadas. Alê checou ao acaso. Nas primeiras, nenhuma tranca. Só mover a maçaneta e dar uns passinhos para dentro... Sem precisão de nenhum esforço ou truque esperto.

Olhadelas desconfiadas, espantadas. Dança de dúvidas. Formou rodinha. Sentada no chão pro papo andar melhor. Baita impasse. Abrir as portas ou ir embora sem saber o que se escondia atrás delas? Xeretar ou marcar bobeira? Responder perguntas ou nem se perguntar???

Alê levantou e checou. Nada escrito, gravado, pregado. Nem convite nem proibição. Em aberto, entrar ou não... Dúvidas pesadas. Decisão difícil.

Lea alertou. Perigosíssimo abrir portas proibidas. Só lembrar da história do Barba-azul, pra saber quantas ex-esposas mortas en-

contrar... Duda seguiu a mesma linha. Nos filmes policiais, toda hora, em qualquer lugar, só dar uns pontapés ou forçar a fechadura da porta, que aparecia o morto ensopado no próprio sangue. Horror, nojo, arrepios e solução do crime...

Renata contou gargalhando. Uma noite, abriu a porta do quarto dos pais e deu com os dois se agarrando. Embaladíssimos. Mais do que em filme proibido. Estatelou, pisou leve e se mandou puxando a porta bem de leve... Graças a todos os santos, nenhum dos dois viu. Alê arregalou os olhos meio desacreditando. Duda fez cara de anjo. Uma noite abriu uma porta na casa da praia e viu a prima dançando na frente do espelho, peladona. Demais de demais!!

Muitas histórias para contar, muita vontade de conhecer os mistérios por trás das portas. Curiosidade atiçada. Votação empolgada. Por quatro votos a zero, abrir as portas. Conhecer seus segredos escondidos.

5 *A primeira porta*

Duda nem balançou. Decidiu abrir a primeira porta. Levantou, esticou o braço, escolheu a da direita por puro acaso. A porta rangeu, reagiu e se abriu. Lentamente, como uma cortina pesada dum teatro.

Renata não segurou o espanto. Entoou um gritinho em vários tons, cheinho de surpresas. Difícil acreditar nos seus próprios olhos. Tonteou, deslumbrou! Lea emudeceu. O queixo caiu, a boca cerrou. Nem um suspiro soltou. Pasmada! Duda sorriu inteiro. Pulou, cambalhotou, gingou, bamboleteou. Saltitou de contenteza! Alê boquiabertou. Curtiu o deleite deliciado!

Um enorme corredor forrado de espelhos. Do chão até o teto. Da esquerda até a direita. Repleto, completo. Espelhos se espelhando e espalhando as imagens. Um jogo infinito, nunca repetido. Estonteante!

Duda ficou na ponta dos pés, cresceu, se agigantou, ameaçou Renata encolhidinha e pequenina. Pega-pegas, esconde-escondes, sobe-desces, sumiços, crescidas, diminuídas... Maravilhento!

Lea botou a língua para fora, encompridou até o pescoço, levantou até o nariz. Xingou o mundo, desaforou tudo e todos e ficou ultraleve. Alê esticou a nuca e pescoçou sem cansar. Riu de gargalhar.

Renata engraçou. Puxou Lea, encostou costas e braços, coxas e joelhos, e encaixou como siamesas... Inacreditavelmente divertido! Muitas danças hindus, malabarismos mis, corrida de polvos e de bicicletas...

Duda provocou. Um desfile de caras e caretas. Valendo tudo. Invenciones, puxas e esticas, levantação e juntação, ordem e desarrumação total. Otimíssimo!

De repente, Renata lembrou dumas aulas de balé odientas. Faiscou. Arrumou os três em fila. Por ordem de tamanho. Explicou, repetiu, deu o sinal. Juntos levantar a perna esquerda. Mexer para cima, para baixo, voltear o joelho, dar uma paradinha, requebrar os quadris, recomeçar. Alucinante o efeito nos espelhos! Um sem-fim de pernas misturadas, reviradas, desviradas. Depois movimentos de misturança solta com os braços, mãos, pés, dedos. Cenas de cinema. Mágicas deslumbrantes de parque de diversões. Barataço desfolegante!

Renata não segurou o espanto. Lea emudeceu. Duda sorriu inteiro. Alê boquiabertou.
Um enorme corredor forrado de espelhos. Estonteante! Maravilhento!

Muito tempo nestas de se olhar, espiar os outros, se exibir, se contorcer, se distorcer, refazer... e se reinventar. Maior viagem!!! Paradezas e movimentação. Engordamentos e levezas. Cócoras e voos. Suspiros e sorrisos. Descobertas!

Alê quebrou a magia. Hora de procurar outra porta. Muitas para conhecer e se surpreender. Duda emburrou. Difícil abandonar um lugar espelhado, espelhante, encantado... Um corredor mágico. Uma passagem iluminante.

Alê calculou a distância até o final do corredor espelhado. Número de movimentos pra chegar na outra porta. Atravessou em ousadas acrobacias. Renata espanholou e se mandou castanholando. Lea se despediu com uma entortada desaforenta na língua, e Duda caprichou nos lances de capoeira.

6 *A segunda porta*

Renata bateu o olho numa portinhola estranhamente chamante. Curiosou, impacientou. Atravancou Duda no corredor. Deu uma empurradela avisativa. Por ela, quem ia escolher e abrir a segunda porta era ela mesma. Esperou protestos. Ninguém contra. Achegou, desencostou e entrou. Checou se tinha alguém escondido. Ninguém apareceu.

Deu de cara com um espacinho mínimo. Fechado, sem janelas. Luz, só duma claraboia. No fundo, uma escada estreita. De metal. Impossível enxergar onde ia acabar. Espiadelas e formou rodinha rápido. Troca de olhares pruma decisão nervosa. Início da descida palpitante.

Uma escada espiralada, tortuosa. Provocadora de tonteiras. Um nunca-acabar de degraus. Ora altíssimos, ora baixinhos. Difícil entender o porquê da variação. Claridade oscilando. Do muito sombrio pro pra lá de iluminado. Maior tremor de encarar a descida íngreme. Nem sombra de corrimão. Apoio nas paredes empoeiradas ou nas mãos do amigo mais próximo. Aflição suada.

Duda bateu a cabeça na parede baixota. Assustou, doeu, xingou. Renata deslocou o pé do degrau e quase despencou escadaria abaixo. Apavorou, se agarrou firme no irmão.

Demorou pra descer até o último degrau e chegar embaixo. Tonteira, falta de ar. Duda passou a mão no alto e enroscou numas teias de aranhas. Espantou, enojou.

Um lugar estranho. Pequenino, abafado, sufocante. Dum lado, uma porta. Duda tentou abrir. Impossível. Fechada com trancas pesadas. Juntação dos esforços dos quatro. Várias vezes. Idas, voltas, avanços e recuos. Não abriu de jeito nenhum. Encaração do não-adianta-que-não-dá-pé.

Pegado, outra portinhola. Pequenina, baixota, encardida. Desencostou fácil, dando direto dentro de duas salinhas mínimas e empoeiradas. Pelos cantos, algumas prateleiras. Sem nada pegável. Só muita poeira. Deu tosse, deu pigarro. Deu sujeira nas mãos. Lea abriu sua mochila, pegou guardanapos de papel, faxinou rápido. Mãos limpas e testas franzidas. Encucações.

Um morcego avançou. Vampiresco sem disfarces. Horripilante! Silêncio e imobilidade total dos humanos. Rodeou pescoços, valsou, ameaçou mordidas sangrentas, mudou de ideia, voou e desapareceu. Demorou para desaparecer o medo apavorante e paralisante!!

Duda observou, estudou. Anunciou sua conclusão, caprichando na voz de locutor de comerciais. Aquele lugar parecia a caverna do Ali Babá e seus quarenta ladrões... Ou um esconderijo precisante de senha secreta pra entrar. Fervilhou geral. Ideias acesas e incendiárias.

Alê palpitou. Esconderijo de traficantes de drogas pesadas. Procurar e achar!!! Ou o endereço secreto duma quadrilha internacional de falsificação de dólares. Certeza de encontrar uma máquina de imprimir dólares. Com tinta verde pronta e no ponto. E uma caderneta do doleiro com anotações entregantes de meio mundo que participava da negociata.

Lea apontou outro rumo. Um cofre para uso exclusivo de ladrões de joias. Especialistas em lances ousados. Joalherias francesas, haréns de sultões, contrabandistas chineses, tesouros saqueados por piratas. Apostou tropeçar num baú repleto de colares de pérolas negras, placas de ouro cravejadas com diamantes, anéis com esmeraldas. Chiques chiliques.

Duda encucou. Checou pistas e rastros. Andou, rastejou, engatinhou, ergueu prateleiras, tateou o teto. Renata e Lea procurando arcas, baús, cofres. Nos cantos possíveis. Debaixo dum pedacinho de carpete imundo, escondidos dentro das paredes e recobertos por muitas camadas de tinta. Pesquisa brava. De ponta a ponta. Sem pular nenhum ponto. Alê se concentrou na escada

e procurou por debaixo dos degraus, entre as grades encaracoladas de metal. Sacos com dólares, com ouro. Farejou, cheirou, tateou, apalpou... Nada.

Renata embarcou numa explicação romântica. Local secreto para ocultar objetos especiais da família. Raridades. Preciosidades. Documentos. Jamais guardados dentro de móveis grandes, de gavetas facilmente abertas. Encontráveis de cara, por qualquer ladrão pé de chinelo. Melhor morrer do que entregar ou saber desaparecidos...

Todos disfarçados em pacotinhos mixos. Uma caixinha de marfim com o camafeu da velha bisavó, presente do seu apaixonado, o rei da Inglaterra. Um saquinho de veludo com um punhado de areia do deserto do Saara, promessa do califa dum oásis de felicidade pra tetravó. Uma carta escrita a tinta e provando que o herdeiro do castelo era o filho ilegítimo do Conde. O jardineiro. Um retrato autografado de Dom Pedro II e o anel com o brasão da família.

Ideias rodamoinhando. Possibilidades pipocando. Risadas se encontrando. Novas procuras, nenhum achado.

Altas discussões e conclusão. Nada mais pra procurar por ali. Tudo vasculhado. Algum aventureiro passou, antenou e surrupiou o escondido por décadas. Impossível continuar espremidos nos quartinhos sufocantes.

Melhor subir a escadaria tortuosa e procurar outra porta com outra passagem para um novo desconhecido...

7 *A terceira porta*

Alê insistiu pra escolher a terceira porta. Precisão de alargamento, de respiradouro. Torceu pra dar de cara com uma sala larga. Tipo entrada de edifício de médico chique. Fez figa e abriu... Esfregou os dois olhos espantados. Um salão enorme! Disparou deslizando. Janelas abertas, teto alto, espaço para sambar, sapatear, patinar, pular sela, jogar basquete. Cambalhotou feliz! Engrossou a voz e perguntou. *Tem alguém aí? Dá pra entrar e dar uma espiada?* Como bem sabia, ninguém respondeu. Avançou!

Pelas paredes, muitas portas. Todas de madeira. Alê curiosou, tateou e começou a abrir. Muitas, só de faz de conta. Puro enfeite. Decepcionou, chateou. Outras, mascaradas de portas de guarda-roupas, de armários, de gavetas. Só enfiar o nariz e dar com um tiquinho de chão. Nada por dentro, nada pra dentro. Alê desaforou a decoração tontíssima.

Renata tirou teima com o irmão. Certeza de ter mais sorte! De acertar direto no ponto. Soltou sua intuição feminina... Aproximou de portas e portinholas. Só engoliu decepções. Cansou, chateou com sua intuição, quis desistir.

De repente, um inesperado. Algumas portas juntíssimas abriam com uma pressionada num ponto exato. Afastação dos lados e formação duma outra salona. Imensa. As duas portas abertas iam se duplicando no abre-fecha. Se agigantando. Até uma terceira se juntou nos quebra-cabeças empurrantes. Ficou descomunal!

Alê gritou para a irmã escutar no lá longe. *Maravilhoso! Inacreditável!* Fez eco. E eco do eco. Estonteante! Lea saiu mostrando seu samba-no-pé pelo não acabar dos três salões abertos. Renata engoliu o espanto e embarcou nas surpresas. Duda embasbacou. Nunca viu nada parecido. Nem nos seriados acontecentes em outras galáxias, nem nos filmes americanos feitos só com truques. Nem nas aventuras do Mandrake. Fantasticamente fantástico.

Renata viu Alê do outro lado da outra porta. Iluminou. Valsou até os braços dele para continuarem juntos a dança pelos salões. Ele não atentou, não segurou. Ela tropeçou, torceu o tornozelo, virou o braço de mau jeito. Decepcionou, enraivou. Desistiu da valsa, encarou o irmão. Avisou que ficou de mal. De mal à morte.

Depois de muitas danças, saltos, corrupios frenéticos, sinal aberto para as brincadeiras. Barra-manteiga e pegador. Poucos jogadores, pouca animação. Mas muito riso desengolido. A de esconde-esconde demorou anos. Ninguém achou ninguém escondido atrás de nenhuma porta verdadeira ou de enfeite. Ninguém se achou, ninguém se perdeu. Empatado!

Bateu canseira. Sentada molengosa. Pintou fome, pintou vontade de fazer xixi, pintou sede. Tudo ao mesmo tempo. Com a mesma urgência!

    Renata agitou um lanchinho. Começou a retirar os engana-fomes da cesta e enxergou um desfile de formigas. Acompanhou pasmada. Continuou desempacotando bolachas, continuou a parada das baratas, formigas, mosquitos, cupins. Enxotou, mas elas na delas! Ameaçou, mas a andança enfileirada não se interrompeu. Deu um basta. Mudou o lugar do piquenique. Os insetos atrás. Engoliu a derrota. Convidou pra fazer a festa juntos! Gentes vivendo o maior barato e baratas desbaratadas seguindo em fila!!! Estranho mundo...

    Lea foi procurar o banheiro. Duda seguiu junto. Abertura de mil portas e nem sinal duma pia ou duma privadinha. Idas, voltas, separações pra tentar outro lado, espiadas... nada. Nenhum banheiro. Nem de homem nem de mulher. Procura frenética até a última ponta do terceiro salão...

    Breque no xixi escorreguento, concentração forte pra continuar só pingando na calcinha e na sunga. Nem se atrever a fazer poças pelo chão. Impossível sujar, molhar, deixar cheiros num lugar tão transado. Sufoco sufocante. Esforço para desligar o desespero, dar uma disfarçada rápida e segurar a vontadona explosiva.

    Duda desencostou uma das portas, berrou como um marinheiro num veleiro. *Terra à vista*. Encontro com uma varanda

rodeada de terra e plantas... Descoberta salvadora da verdadeira saída de emergência!

Reencontro dos quatro no posto de comando da Renata. Largada gostosa pelo chão. Servido o lanche. Papo animado com mordiscadelas nas bolachas, nos queijinhos, nas torradas, nos chocolatinhos. Muito ótimo! Duda puxou um assunto. Quem morou naquele casarão? Torrentes de ideias e palpites. Fascinação empolgada. Nobres, fazendeiros, banqueiros, trambiqueiros, milionários da cidade passando férias na fazenda...

Lea apostou que lá foi um internato de freiras. Maior linha-dura. Com uma parte pequena e isolada pras muitas órfãs tristemente abandonadas. Sinos, hinos, toque de recolher, rezas, bordados e prendas, cabeças abaixadas, cabelos presos em coques, muito siso e pouco riso.

Renata romanticou. Um castelo de reis e rainhas fugidos duma guerra na Iugoslávia ou na Croácia. Sofrendo com a falta de bons mordomos, pouca sopa nos almoços, tatus e cupins, calor e as plantas tropicais. Só se animando com festas noturnas. Saraus onde moços magros tocavam no piano de cauda, senhoras gordas e gritonas sopranavam árias de óperas, um poeta despenteado recitava versos d'amor... Ouvindo e aplaudindo, só cabeças coroadas. Luxo e esplendor no abrigo-de-guerra-caipira.

Duda mudou a rota. Lá foi um Grande Hotel, enorme, elegante, com saunas, quadras de tênis, estrebarias chiquérrimas para cavalos de pura raça, bailes de gala e de debutantes, caça aos patos e capivaras, restaurante com comida francesa exótica.

Funcionando junto, um cassino. Altas jogatinas até depois de o sol raiar. Muito dinheiro rolando pelas roletas, pôquer e apostas sem limite. Lugar muito exclusivo, muito animado e pra frequentadores com muita grana. Pela madrugada, muitos *shows*. Bandas incrementadas, pianistas importantes, duplas sertanejas...

Alê excitou. Lá foi um centro de treinamento de espiões do mundo todo. O próprio 007 foi o diretor dos cursos. Aulas de todas

Duda puxou um assunto. Quem morou naquele casarão?
Torrentes de ideias e palpites. Fascinação empolgada.

as importâncias necessárias prum bom espião. Tiros certeiros, venenos, observação a distância, disfarces, passaportes falsos, golpes mortais, socos diretamente desmaiantes, traições e passos de tangos, sumiço rápido de cadáveres. Com serviços estrelados de lavanderia e barbearia!!!

Alê intervalou e embalou noutra ideia. Também muito ótima e possível. Foi uma escola internacional de truques e mágicas. Para gente do circo, cinema, teatro, televisão, parques de diversões e cabarés, pilantras, ciganos. Dirigida pessoalmente pelo David Copperfield, o fantástico mestre do ilusionismo. Uma escola tão misteriosa que às vezes desaparecia no horizonte e surgia do outro lado do rio... Lição de casa do mágico-estudante. Descobrir onde ia ser a aula daquela tarde...

Chamado pra continuar a descoberta de novas portas. Breque no superpapo. Recolhidas rápidas do que restou pelo chão, fechação de todas as portas duplas e triplas, pasmo com a diminuição dos salões espantosamente amplos em poucos instantes. Tchaus bailantes.

8 *A quarta porta*

Lea estabanou e anunciou. Sua vez de abrir. Começou a recitar o *uni-dune-tê* apontando as portas, interrompeu a cantoria no *tê* e mexeu no trinco. A porta rangeu, ela enfiou o nariz. Só mesas de bilhar enfileiradas. Sem gracíssima.

Enraivou e enrolou uma desculpa. Depois do *uni--dune-tê*, faltou o *salamê-minguê*. Completou rápido a falação apontadeira, destrancou a porta e deu com umas pistas de boliche. Vazias. Quietas. Paradeza irritante. Bateu a porta e resmungou furiosa.

Para ser completo é *Uni-dune-tê, salamê-minguê, o sorvete colorê, o escolhido foi você!* Concentrou e disparou a cantilena inteirinha. Acabou bem-acabada numa porta bem emperrada.

Lea começou com umas empurradelas delicadas. Depois, com muita força, prum lado, pro outro. Nada. Imóvel. Pediu ajuda. Todos tentando de tudo. Nada. Numa das vezes, Duda deu dois pulinhos num mesmo lugar. A porta abriu... e destampou junto o espanto de todos. Aprontação organizada para entrar. Furada. Dois passos e despencada direta por um alçapão. Susto, berros, gritos. Orações e promessas.

Rodamoinhada pavorenta, até terminar a queda. Levantada atordoada, trombadas na escuridão. Alê agarrou sua lanterna na mochila e Duda saltitou sobre uma das tábuas do chão. Duas luzes acesas. Direto. A da lanterna e a do teto. Dois focos clareados. A luminosidade se estendeu pra bem longe. Vislumbre rápido. Muito pra ver. Desnecessário perguntar se podiam entrar. Ninguém por lá...

Difícil acreditar. Caída direta numa espécie de prisão. Pros fundos, celas exibindo grades e cadeados. Para prisioneiros, detidos, baderneiros, bêbados, ladrões, prostitutas, grevistas, protestadores... Desviada rápida pra outra direção.

No meio, ocupando muitos metros, muitos instrumentos de tortura. Espiar, tremer, suar frio, querer escapar, fugir. Direto. Na hora. Espalhados, correntes grossas, algemas pesadíssimas, chicotes e cassetetes, capuzes e vendas negros. Um museu de horrores.

Mais adiante, outras estranhezas torturantes. Também espalhadas. Pregos, pinças, tesouras e alicates enormes, facas e facões, marcadores de gado, espingardas, fuzis. Pelo chão, pelas paredes, muitas manchas de sangue. Vermelhamente verdadeiras. Visíveis.

Duda acovardou, horrorizou. Alê caprichou na contação de histórias pavorentas de torturas que leu em livros, viu em filmes, em seriados na televisão. Acontecidas em guerras, nas perseguições aos escravos, em delegacias de Nova York, com Tiradentes e os inconfidentes, com os judeus na Alemanha, com os vietcongues... Renata e Lea sem disfarçar o nervoso aflito. Mãos dadas numa de proteção! Uma pra outra.

Lea lembrou duma velhinha dando uma entrevista na televisão. Presa e torturadíssima porque era comunista. No Brasil mesmo e em 1968. Guardou o ano porque foi quando a mãe dela nasceu... Renata contou dum garoto espancado até a morte porque se recusou a dedo-durar um chefete das drogas. Duda desovou casos cabeludos. De jornalistas, artistas, médicos, estudantes apanhando como bandidos perigosos só porque queriam um Brasil diferente...

Duda emudeceu e se mexeu. Deu uns passos, trombou com uma portinha. Empurrou, abismou. Um banheiro. Baita aliviada no sufoco infernal. Desviada das informações torturantes. Avisou todos. Fila reclamona na porta.

A conversa esquentou. Perguntas e palpites pipocando. Sobre torturadores e torturados num lugar superescondido dentro duma casa particular. Mistério intrigante. Muitas possibilidades. Terroristas caçando antiterroristas e antiterroristas judiando de terroristas. Chefões das drogas espancando os que jogavam pra dois comandos e levavam vantagem dos dois... Ladrões estrangeiros arrebentando os nacionais... Quadrilha de sequestradores acertando contas variadas... Suor e náusea.

Duda voltou pra perto do alçapão. Decidido a sair. Os outros, do lado. Esperando pra saber como sair. Procurou uma escada, uma rampa, um amontoado de tábuas. Não viu nada de nada... Agoniou. Trombou com uma porta de elevador desconjuntada. Tentou abrir. Nada. Pediu ajuda. Reforço esforçado. Giradas para a esquerda, para a direita, duas voltas, empurradelas, bateção de pés... e nada. Renata descolou um araminho no meio dos aparelhos de tortura. Tentativas mis de enfiar na fechadura. Nem estalido nem virada. Bateu pavor.

Lea berrou. **Estamos trancados. Nas salas de tortura da prisão. Socorro!** socoRRO!! **SOCORRO!!**
Ninguém ouviu, ninguém chegou. Falta de ar sufocante. Medaço. Suor pingando. Muitas idas e longas ficadas no banheiro. Nervosismo explodindo. Xingos, ameaças de tabefes, gritos grosseiros. Tremedeiras de pavor.

Demorou e Duda iluminou. Lembrou da janelinha no banheiro. Tentar testar se dava pra passar por lá. Alê se ofereceu. Era magrinho, craque em entradelas. Pegou seu canivete. Subiu, puxou e esticou o cordão empurrante, cortou direto. Primeiro arejou, ventilou. Depois tentou passar. Apertado. Se encolheu, passou um braço, enfiou só uma perna, quase rastejou. Escancarou o sorriso e o grito libertador. Caminho livre! Só se estreitar, passar parte por parte do corpo, seguir deitado e pular pro chão.

Não precisou repetir o convite. Passada aflita dum por um. Ajudas com as mãos, chutes, empurradelas nas bundas. No chão, abraços, rezas, risos, beijocas gratas. Respiradas profundas.

Torturante a sala de torturas. Mas se mandar duma prisão fechada com uma fuga sensacional foi simplesmente o máximo! Cena de filme!

9 A quinta porta

Em terra firme, esticadas relaxantes. Respiradas fundas, contação de piadas totalmente idiotas, gargalhadas desembestadas. Alívio alegre pelo fim do pesadelo.

Renata derreteu dengo. Pediu pra escolher a quinta porta. Ninguém protestou, ninguém pediu pra ser o porteiro da vez. Ela assuntou em volta. Feioso. Um pátio interno cimentado, tipo estacionamento. Mil portas e rampas. Desastrosamente desatrativo. Desistiu.

Deu alguns passos, voltou atrás. Nada. Andou na outra direção. Desanimadora. Desvirou, rodeou e foi em frente. Deu numa porta estranha. De barro descascado, meio molengoso. Não resistiu. Espreitou por umas frestas. Assoviou, acenou, berrou. Desabalada dos três pra chegar do lado dela. Renata relampejou. Difícil jurar, mas pareceu avistar copas de árvores imensas. Uma paisagem diferente. Exótica. Reação imediata. Atravessar a porta barrenta. Já!!

Renata deu uma levíssima empurradela e segurou as pernas quase desmaiantes. Pura deslumbrância. Inacreditável!! Árvores gigantescas, grandiosas, galhudas, sombreando o solo e recobertas por folhas coloridas e frutas cheirosas. Irresistível exuberância!

Duda nem hesitou. Agarrou firme no tronco da primeirona e começou a subir. Escalou veloz, pulou galhos, se equilibrou. Pousou bem no alto. Testou ramos, sentou num bem firme e ficou balançando as pernas. Extasiado. Uma paisagem belíssima na altura dos seus olhos! Estonteante! Iluminou, orgulhou, envaideceu, faiscou. Debaixo de seu galho de balanço, voavam pássaros avoados... Lindura!

Alê seguiu a ideia do Duda, mas quase não subiu. Deu tontura, zonzeira. Desceu rápido, buscou firmeza. Sentou. Empalideceu. De vexame e de enjoo... Renata descobriu uma fruta com um perfume estranho, cores lindamente descombinantes, um gosto docemente azedo. Só levantar os braços para apanhar e saborear. Devagarou deliciando. Lea amedrontou. Fincou os pés no chão, enraizou e não se mexeu. Por nada, pra nada.

Duda se sentiu o filho das selvas. O próprio Tarzan. Descolou uns cipós, pulou pelos galhos da sua árvore e das vizinhas. Chamou a macaca Chita, balançou, se enrolou, ousou. Saltou pelos galhos como trapezista de circo. Arrasou! Embaixo, os pescoçudos com torcicolo. Esforço pra não perder nenhum movimento. Duda desceu aplaudido. Pulou pro chão e agradeceu com um urro.

Renata convidou pra se mexer e assuntar outros mistérios atrás da quinta porta. Topadíssimo. Andadas e descobertas cutucantes. De repente, uma freada brusca. Um despenhadeiro. Cercado por terra vermelha, penhascuda, sem vegetação, muito cascalho, cortada por pedras e formando degraus e plataformas. Seguração quase no céu. Procura zonza de uma rede de segurança. Ou de cama elástica. Cutucadas desafiantes gaguejadas.

Alê tonteou de novo. Lea paralisou e não se animou nem pra chorar. Renata ajoelhou, inclinou as costas pra frente e conseguiu enxergar bem embaixo. Um rio bonito e simpático. Delirou. Estudou um caminho pra chegar lá. Não esperou ouvir prós e

Pura deslumbrância. Inacreditável!! Árvores gigantescas, grandiosas, galhudas, sombreando o solo e recobertas por folhas coloridas e frutas cheirosas. Irresistível exuberância!

contras. Decidiu. Foi em frente. Duda estatelou. Achou, mais uma vez, Renata ainda mais metida e mais mandona.

Alê melhorou na hora. Despachou a tonteira, andou, curtiu. Lea não choramingou nem pediu pra voltar. Se arrastou desentusiasmada. Duda alegrou com a descida difícil. Pedras, estreitamentos, curvas deslizantes.

Um caminho de filme de vaqueiros contra ladrões de ouro e gado. Maior bangue-bangue. Espiadas pro alto esperando ver os cavalos negros montados pelos mocinhos disparando num galope alucinado e atirando balas contra os bandidões. Zunidos poeirentos.

Afinal, aportada no riozinho longo e largo. Velocidade na retirada das camisetas, *shorts* e bermudas, e largação numa pedrona. Contenteza por ter enfiado — por baixo de tudo — os biquínis e sungas. Mergulho nas águas calmas. Nadar, boiar, dar caldo, rir, atravessar pra outra margem, pegar peixes com as mãos, pular pelas pedras úmidas. Pique animado! Farra molhada!

Alê brincou com Lea. Deu um caldo interminável. Ela sorriu, se queixou, emudeceu, soltou bolhinhas pela boca. Alê mergulhou e levantou Lea. Ela atonou levemente lilás. Temor, tremor. Carregou pra beirada, forçou a desengolição da água, viu a cor reaparecendo, as mãos se mexendo. Ela abriu as pestanas, enxergou o Alê e nem disfarçou sua raiva estranguladora e a disposição resolvidíssima de partir pros tapas. Desculpas ajoelhadas. Perdões demorados.

Renata na dela. Adorando ser acarinhada pelas águas mornas. Molhou os cabelos, lavou o rosto, se abraçou com o rio. Fez beicinho, pediu pro Alê trazer um pente. Ele esbravejou... e obedeceu. Apanhou o pente pra irmã, que se embelezou nas águas espelhadas do rio. Caprichando no charme.

Esticadela nas areias da beira-rio. Secada rápida debaixo do sol quente. Lea pegou sua mochila com-tudo-pra-qualquer-ocasião e apanhou duas toalhas. Enxugação folgada. Corpos gratos e protegidos com mais filtro solar. Obrigados mis pra Miss Previdente!!

Início da volta. Rumo à entrada da quinta porta. Seguindo a margem do rio. Alguns metros e brecada num lamaçal. Imensidão suja, molengosa e amarronzada. Ideias focadas, reanguladas. Encaração da chata certeza. Sem escapatória. Qualquer caminho, naquele pedaço, ia dar em chafurdamento igual.

Resolução. Parar de enrolar e começar a atravessar. Tomando supercuidados. Mãos dadas, passos mínimos, seguração em galhos--bengalas, puladas em pedras. Duda patinou, estatelou a bunda no barro. Não machucou, mas emporcalhou e enfureceu.

Muitos escorregões, muitos quase-caí-mas-me-segurei-não--sei-como-nem-onde, muitos espera-aí-que-estou-quase-chegando. Muitos ais e uis depois, acabou o lamaçal. Pisadas em terra batida.

Duda começou a dançar como um índio enlouquecido. O trio acompanhou a dança frenética.

Formou rodinha. Resolução sem negociação. Subir só por terra firme. Em frente, marche. Sem aviso, sem sinal nem pista, entrada direta num matagal. Mato despenteado, desarrumado, desalinhado. Difícil atravessar, complicado passar. Plantas daninhas saindo pros lados, plantas rastaqueras pulando pra frente. Prum dos lados plantas pontiagudas, espinhudas. Renata arranhou o braço num cacto. Enraivou com o raspão grandote e desaforou com o cortezinho sangrento.

Socorro encontrado nas lembranças dos muitos filmes de guerras e guerrilhas. Buscar a bravura, sem dar moleza. Nem pensar em andar com o corpo ereto e a cabeça erguida. Só numas de engatinhar, encurvar, pular, rastejar, ajoelhar, proteger os braços. Segurar a irritação, lembrar de momentos e dias piores...

Chegada despencada do lado das árvores do Tarzan-Duda. Respirada profunda. Falação desenfreada. Difícil encarar as acontecências em volta das paisagens exóticas sem ser um aventureiro experimentado. Testado e provado. Pra profissionais como Indiana Jones, Robin Hood, Robinson Crusoe, o Fantasma, os cavaleiros da Polícia Montada do Canadá, os irmãos Villas-Bôas.

Lea desabou e desabafou. Agarrou Renata e declarou. Odiou a natureza, odiou os perigos, odiou as alturas, odiou a falta de chão, odiou o rio afoguento. Odiou tudo. Só queria dar de cara com um elevador ou uma escada rolante. Seguros, confiáveis. Sem ataques disfarçados. Desexplodiu. Deitou na sombra da árvore e esperou desnervosar. Espreguiçou, bocejou, quietou.

Renata pasmou. Achou divinamente fantástico! Vibrou! Vontade de recomeçar tudo. Certeza de encontrar novas atrações, novos perigos e novos caminhos, novas novidades.

Alê desinteressou e desligou do papo. Duda pensou em virar mesmo o Tarzan e rodopiar pelas árvores, numas de só conversar com Chita, uma macaca sem chiliques.

10 *A sexta porta*

Alê acarinhou a irmã com um braço e com o outro tapou a boca faladeira. Amaciou a voz e batalhou seu pedido. Abusou da lábia. Levar até a próxima porta. Contou devagarando. Se desligou da briga sobre o bem-bom e o muito péssimo na natureza e se antenou nas portas do casarão. Contou todas as visíveis. As já escancaradas, as que pode-ser-que-sim-ou-pode-ser-que-não e as que ainda não. Escolheu uma garantidamente desconhecida pra ser a sexta porta aberta. Intuiu forte. Ia valer a pena!

Duda ouviu calado. Alê terminou, ele avançou. Caprichou na voz de locutor de comerciais. Vendeu seu produto. Ele como escolhedor e guia da sexta porta. Uma nova entrada, prum novo desconhecido. Sem janelas, sem paredes, fora do casarão. Ia ser o máximo! A pele, o coração, o corpo todo dele tiquetaqueavam sem parar. *Vá em frente! Vai ser demais!!! Vá em frente! Vai ser demais!!!*

Bateu dúvida e um baita silêncio. Renata relampejou. Votação pra escolha. Alê discursou. A porta dele ficava no alto e dentro da casa. Ver de cima, quase do telhado. Maior boniteza! Duda rebateu. A dele ficava fora e embaixo. Sem muros. Escolher de onde ver e o que ver. Boniteza em aberto!

Lea empacou. Curiosou com as duas portas. Inventou. Tirar a limpo, num par ou ímpar entre os dois. Renata trovejou. *Covarde! Medo de escolher e se arrepender*. Lea avermelhou. Votou rapidinho na do Alê. Renata, na do Duda. Deu empate. Novo impasse. Par ou ímpar entre os dois. Alê ganhou.

Fervilhação tumultuada. Alê no comando. Volteou pelo casarão, procurou a porta da entrada, abriu, entrou... disparou o olhar pelos cantos até localizar uma escada. Estreita e escondida. Todos na espera, com os corações acelerados. Alê meio ordenou. Subida direta. Obediência total. Saltação de degraus. De dois em dois. Pressa em chegar. Curiosidade desfolegada.

Em cima, só uma porta. A sexta. A disputada. Torcida nervosa pra valer a pena. Só abrir pra ver inteiro. Um sótão. Surpresa gostosa e pedido educado. Permissão para entrar e espiar. Só silêncio como resposta. Partida da expedição de reconhecimento.

Telhado rebaixado, paredes pintadas de amarelo-claro, um espaço único, grandão, dividido por biombos. Biombos opacos e transparentes, formando um jogo de luzes e sombras com o sol. Maior lindura!

Contornando todo o espaço, ocupando todas as paredes, do chão até o alto, uma biblioteca. Estantes e mais estantes, de tamanhos e alturas diferentes, com lugar pra milhões de livros. Vontade de olhar as capas, os títulos, o nome dos escritores, folhear as páginas, os desenhos, o nome dos capítulos... Vontadona de se esticar e ficar lendo ou ouvindo uma história absolutamente maravilhenta!!!

Dentro dos biombos, espaços para ficar de bem com a vida, de bem consigo mesmo. Pra inventar, clarear, mergulhar, quietar. Muita quantidade e muita variação. Impossível reclamar de sufoco...

Num deles, uma escrivaninha pesada, de muito antigamente, cheia de gavetas e gavetinhas, e uma cadeirona superconfortável.

Pra responder cartas, escrever um diário, anotar ideias e vontades, copiar pesquisas e poeturas, rascunhar um livro...

Divididos por outros biombos, clareados por uma iluminação especial, cavaletes para pintar quadros. Gavetinhas para tubos de tinta a óleo, aquarela, carvão, lápis de cor. Lugar pra desenhar sozinho ou acompanhado, levantando um ou mais cavaletes. Mais pra trás, uma mesona com manchas e marcas de barro. Barro vindo do lamaçal perto do rio. A mesa, o lugar pra modelar. Vasos, figurinhas, potes, presépios.

Oculto mais adiante, um pianinho. Lugar pra tocar, sentar e ouvir, cantarolar acompanhado, compor. Um tablado altinho, pra tirar e mostrar sons de saxofone, violino, flauta, sanfona... Sozinho, em duos, em grupos. Encostada num canto, uma vitrolinha. Uma formosura de muito antigamente. Só esperando alguém pôr os discos de vinil e cair no embalo, se inspirar, se mexer lindo, leve e solto. Embarcar na gostosura total!!!

Espiadelas em outras divisórias. Numa, um lugar pra bordar, tricotar, fazer crochê, costurar. Roca de fiar, alguns panos dobrados no chão, rolos com lãs maciamente coloridas, maquinetas com pedal. Mais pra lá, painel de instrumentos para marcenaria, molduraria, maquetaria. Outras vazias, esperando ser ocupadas. Pela vontade do querer fazer do chegante.

Encostada numa das estantes da biblioteca, uma poltrona. Largona. Verdolengamente aveludada. Especial pra ficar lendo. Uma luminária focando direto nas páginas abertas. Uma caixinha de óculos esquecida do lado. Fácil imaginar o jeito da velhinha com os óculos dependurados no nariz, virando aflita as páginas e lendo no deleite.

O sótão, um convite à gostosura, à quietude, ao sossego. Todo aconchego. Num dos cantos, uma lareira. Deliciante imaginar o frio dum inverno com a lareira acesa, as labaredas subindo na sua dança do fogo, uma flauta musicando... Difícil inventar uma delícia melhor! O chão, coberto com tapetes coloridos. Protegendo do

O sótão, um convite à gostosura, à quietude, ao sossego.
Todo aconchego. Difícil inventar uma delícia melhor!

frio, convidando pruma tarde preguicenta com a barriga encostada no chão e os pés levantados.

Em volta, uma varanda. Enorme, clara. Habitada por pombas. Muitas pombas brancas, do bem, da paz. Plantas em vasos grandotes, argolas para esticar redes e ficar pensando, pestanando e se balançando. Quase um voo pro céu.

Um lugar tão derramante de carinho, de quietude procurada e achada, que não se ouviu nem cochicho. Quatro bocas silenciosas. Quatro cabeças viajando em rotas diferentes. Mas, todas, em fantásticas curtições!

Duda cortou a magia. Declarou. Pra ele, lugar pra ficar numas de curtir, só com um baita som, um *karaokê* incrementado, muitos *videogames*, um *home theater* tinindo de novo, um fliperama... Nem conseguiu terminar sua listagem do importante. Foi interrompido por uma vaia. Estridente, desmoralizante. Duda engoliu envergonhado suas bestagens.

Lea gaguejou baixinho. O sótão tinha a cara da casa da avó dela. O melhor lugar do mundo inteirinho! Do planeta!!! Fim de semana legal era lá. Férias superlegais, só lá. Natal, só lá!!!

Renata enganchou. Sentiu até o cheiro de bolo de cenoura, de coco, de nozes e passas. Sentiu um xale agasalhando. Fechou os olhos e ouviu o som daquele sótão. O de uma caixinha de música. Pequenino, delicado, suave... Suspiros concordantes.

Alê deslumbrou com a biblioteca. Podia ficar ali por anos e anos. Parecia o lugar onde a dona Benta ficava contando histórias no Sítio do Picapau Amarelo. Pra ficar perfeito, faltavam os bolinhos da tia Nastácia, comer jabuticabas e ficar lagarteando ao sol. Explosão de contentezas. Maravilhamento!

Renata sorriu. Pediu bênção e desculpas pra tia Nastácia pra aprontar um lanchinho com as comidinhas sobrantes. Espreguiçamento satisfeito. *Eta vida boa!* Sentados na varanda, comendo, olhando, comentando.

De repente, Lea quis saber as horas. Alê pegou o relógio escondido dentro da mochila. Olhou, assustou. Conferiu o tique-taque. Duas vezes. Sem erro. Bem tarde da tarde. Até chegar na estrada e andar até o hotel ia demorar um tempaço. Melhor ir andando.

Pintou a pergunta. Quanto tempo andando pela estrada na ida? Nenhuma ideia... Ninguém olhou no relógio. Nem antes de sair nem depois de chegar. Sabido que foi uma boa andada. Cansativa, nunca aborrecida. Tempo gostoso passa depressa... e não tem nenhuma precisão de marcar.

Renata desconsolou, Lea choramingou, Duda empacou, Alê estabanou. Começou uma discussão tempestuosa. Tinham tempo para abrir mais uma porta? Mais duas? Mais três? Mais nenhuma? Mais muitas?? Palpites, ideias, contas erradas e certas, conferidas. Animação, desanimação... Afinal, resolução. Arrumação e guardação de tudo. Prontos para a saída.

Duda ia guiar até parar na sétima e última porta.

11 *A sétima porta*

Duda disparou escada abaixo. Velocidade de Fórmula 1. Os outros, devagarando. Esticando seu tempo no casarão. Duda puxou a lembrança. No jardim da frente, abandono e esculhambação. Saindo por lá, poucas chances de encontrar uma porta deslumbrante. Muito mais, uma despedida paupérrima e bobíssima. Contornou a sala. Procurou outra porta bem no fundão. Com uma outra passagem. Surpreendente. Como todas as acontecências vividas no casarão.

Saída tumultuada. Tchaus para a casa. Vontade de ficar, de passar muitos dias, semanas... Numas de abrir muitas das portas e descobrir muitos dos seus segredos. Vontade de sair, de descobrir novidades nos caminhos de fora, de começar a voltar pra perto dos pais. Muita divisão de vontadinhas e vontadonas. Dentro de todos. E entre todos.

Duda destravou a porta. A sétima. Escancarou exclamações. Uau!!!! Uau!!!! Encarou um jardim inacreditavelmente maravilhoso! Paisagem de filme! Jardim de filme inglês! Suspiros arrepiados. Queixos caídos, bocas abertas, olhos arregalados, beliscões no braço pra conferir se estavam acordados.

Árvores podadas como esculturas ou cortes de cabelos. Alê faiscou. Cópia do filme *Edward, Mãos de Tesoura*... O jardineiro podava copas inteiras, folhas e galhos, plantas, como recortes de desenhos. De bichos, de rostos, de penteados incrementados. Muito incrível!!!

Relvados cuidados, macios, verdésimos, se espalhando, se inclinando, se alongando num sem-fim. Convidantes, espreguiçantes. De repente, umas escadinhas com degraus enfeitados com vasos floridos. Exuberância de cores, de cheiros, de texturas acetinadas e sedosas, de formas inesperadas. Fascinação faiscante!!!

Duda destravou a porta. A sétima. Encarou um jardim inacreditavelmente maravilhoso! Paisagem de filme!

Prum lado, uma alameda com estátuas. De gesso, de mármore, de metal. Bonitas, feias, grandotas, pesadas, esvoaçantes. Um conjunto dando mais certo do que cada uma das estátuas separadas. Maior harmonia. Combinação perfeita.

No final da alameda, um chafariz. Uma sereia soltando água por seus cabelos esverdeados, por sua boca sorridente, por seu nariz afunilado. Sedutora! Renata andou com os pés na água. Deliciou. Arredondou as mãos como uma taça e bebericou como champanhe. Adentrou mais e gostou mais. Molhou os cabelos, sereiou. Saiu úmida, respingando feliz. Saltitou até um dos vasos com flores escarlates, apanhou duas e prendeu nos seus cabelos. Maior formosura! Derretimento geral!

Renata embalou no sucesso. Piruetou até um balanço preso num arco florido. Combinação de seus cabelos e do arco. Sentou, se aprumou. Duda caiu de paixão fulminante. Desabalou, tomou o balanço nas mãos e empurrou de leve, depressa, pra muito alto, pra bem embaixo. Renata sorriu e embarcou no sonho rodopiante.

Relaxada ensolarada no relvado. Nem abelhas melosas, nem mosquinhas agitadas, nem cigarras cantoras ou formigas poupadoras, nem louva-a--deus pouco religiosos perturbaram o bem-bom. Impossível se irritar, brigar, ameaçar. Só se deixar ser abraçado pela gostosura.

Lea enxergou um laguinho meio longe. Levantou, correu. Patinhos nadando na calmaria. Acenou convidando todos. Só Alê topou, e achou babaca. Lembrou da história do Patinho Feio. Sacou. Fez um cafuné nela e anunciou que logo ela ia virar um cisne. Lindo! Como o patinho da história. Só dar tempo pro tempo passar. Ela sorriu querendo acreditar. Muito!

Duda alongou o olhar. Enxergou um coreto. Branco. De madeira recortada. Sentiu um comichão danado de bom. Subiu no coreto, afinou e soltou a voz de locutor de comerciais. Não segurou o tom, mas manteve a pose até o final da canção. Serenatou para Renata. Direto, derretido. Ela envaideceu.

Ele desimportou que achou ela mandona e metida. Era mesmo! E era maravilhosa por se meter pra descobrir. E mandar decidida para chegar logo no que queria muito. Aplaudiu suspirante.

Lea enganchou noutra cantoria. *Com quem será? Com quem será? Com quem será que a Renata vai casar?* Alê berrou junto. Renata se fez de surda e Duda de mudo.

Muitas espreguiçadelas depois, levantada bem contra a vontade. O sol numas de começar a se despedir. De leve, sem pressa. No céu, só claridade. Na procura da portaria, um caramanchão. Vestido por verde folhagem. Cena dum sonho, dum quadro muito colorido. Lea pescoçou. Enxergou longe, em cima dum morrinho, uma capela pequenina. Uma cruz bem no alto. Deu pra sentir ela abençoando todos. Muito bom!

Parada pachorrenta. Só olhos ativos. Querência de mergulhar e devorar toda a lindura. Muita papeação, uma única certeza. Muito mais pra assuntar, descobrir, saber. Muitas portas pra abrir e se encantar. Algumas portas pra abrir e se assustar. Mas todas pra se cutucar e tentar encarar.

Duda sacou. Muito mixa a entrada da frente. Meio se enfeiando, não se mostrando interessante pros passantes na estrada. Toda a maravilhança pra trás. Exclusiva para os moradores, pros hóspedes, pros convidados. Pros que escolhiam ficar um tempo por lá.

Longa pausa. Vontade mais que sentida e escolhida de ficar um tempo por lá. Alê cutucou. Possível ainda procurar e abrir uma oitava porta? Caprichou no encantamento da voz. Não esticar por um tempão, só por um tempinho...

Resmungações, raciocínios, impasses, quebra-paus. Renata nem balançou. Esticar e se presentear com uma outra porta aberta. Lea nervosou. Queria ver a oitava porta, precisava ir embora. Medo da bronca brava dos pais. Nunca ficou tanto tempo sozinha... de adultos. Alê insistiu. Ficar e pagar pra ver no que ia dar. Duda falou firme e grosso. Pensar no horário, no dia terminando, nos pais começando a ficar preocupados, no banho e jantar, e se mandar. Renata fuzilou Duda com o olhar. Furiosou com a quadradice dele. Obediência cega pro horário sagrado... num passeio! Durante as férias! Ridículo. Sem nem pensar em elasticar o bem-bom...

Lea atacou com o número perfeito. Sete! Sete dias da semana, sete pecados capitais, sete cores do arco-íris. Conta certa. Um pra cada uma das sete portas. Sinal de que acabou o abre-fecha. Fim da rodada. Alê irritou com a conta de chegar. Relampejou. Número mágico, número da sorte, número do mistério era o treze. Ótimo esticar as aberturas até chegar na décima terceira porta... Lea emburrou, Alê gargalhou.

No meio da numerologia, Duda perguntou as horas. Alê tirou o relógio da mochila. Gemeu. Impossível esticar mais. Hora de pegar a estrada ou voltar embaixo duma escuridão assustadora naquela estradinha vazia de almas, corpos, carros.

Sustaço e correria geral. Virada pra esquerda rumo à portaria da estradinha. Andada à toa. Nem sombra da portaria. Meia-volta, volver. Virada pra direita. Andada, desviada, bifurcada, contornada em algumas árvores e... nada de portaria. Nem mais a mínima ideia pra que lado ela ficava...

Totalmente perdidos.

Bateu aflição, bateu agonia. Bateu rezação forte e xingamentos pesados. Aceleradas, pisadas descuidadas em canteiros plantados, volta por relvados, acusações e cobranças. De todos para todos e em todos. Parada. Formou rodinha. Discussão tentando clarear o rumo.

Duda sentiu o drama. Decidiu. Subiu numa árvore alta. Não viu o tanto que precisava. Desceu, escalou outra bem mais alta. Inútil. Enraivou. Tentou a terceira e em galhos cada vez mais altos. Conseguiu enxergar. Assobiou de contenteza. Desenhou um mapa na cabeça. Repetiu para conferir. Entendeu como chegar no lugar para sair.

Desceu da árvore, esticou os músculos, fez um sinal pra seguirem seus passos. Não falou nada, só aumentou a velocidade. Os três marchando atrás. Aflitivamente quietos. Pouquíssimas paradas pra tirar alguma dúvida. Nem pensar em descansar, em relaxar, em fazer xixi, em comer, em reparar nisto ou naquilo... Uma única meta. Encontrar a portaria. Duda guiou até a chegança na entrada pra estrada.

Berros e pulos de comemoração. Uaus e hurras pra ele. Uau!!!! Uau!!! Cantorias agradecentes pro herói-salvador-descobridor-dos--caminhos-pra-lá-de-difíceis. Duda!! Duda!!!

12 Acelerada na estrada

Na estrada, passos rápidos, ritmados. Medão de escurecer muito antes da chegada no hotel. Desviadas espertas das pedras, dos galhos estirados, da buraqueira. Sem tempo para tombos e machucados. Pintou uma estranheza. Nenhum bicho visível. Aposta única. Todos deitados e contando homenzinhos para adormecer...

Ligação no silêncio. Sem pássaros, galinhas ou patos, sem vacas ou cabras. Nenhum pio ou mugido. Sem pessoas indo ou vindo, sem voz humana. Sem carro, trator ou carroça passando. Sem freios rangendo, sem buzinações, pneus zarpando. Sem vento, sem chuva. Paradeza quieta.

Alê discursou. Nenhum lugarzinho nas suas retinas para ver mais nada. Mergulhou em linduras demais o dia todo. Precisão de muito tempo pra decifrar metade do que enxergou, descobriu, focou, desfocou. Pra ele, hora de fechar a cortina para novidades e reencontros da ida. Só topava falação ou cantoria. Palmas de aprovação.

Renata manobrou. Cada um lembrar e contar a porta mais fantasticamente incrível que entrou. Pintou silêncio cheinho de lembranças e escolhas.

Ela impacientou e desengoliu. Nunca viveu deslumbrância igual à do corredor dos espelhos. Mágico! Mudador! Estonteantemente lindíssimo!! Gostosura total foi se molhar no rio, voltar pra margem meio-garota-meio-água, úmida e com gotinhas cintilando pelo corpo. Virar sereia no chafariz e sair seduzindo. Suspirou e sorriu encantada.

Alê destravou e acelerou. Maravilhento foi acreditar que existia um lugar especial bem em cima. Insistir até encontrar o sótão. Chegar e descortinar sua lindura aconchegante. O lugar onde queria morar. Sem tirar nem pôr nada de nada.

Continuou apressado. Emocionante foi abrir a janelinha da sala de torturas, se estreitar, se encolher e pular fora. Abrindo o caminho da liberdade para todos. Sua hora e vez de ser o libertador! Se sentiu o Tiradentes, o Zumbi dos Palmares, o Zapata.

Duda furiosou. Levantou o dedo, endureceu a voz e lembrou o acontecido. Alê só abriu a janelinha depois que ele pensou nesse plano. Ele foi o general da batalha. O estrategista. Alê só virou Tiradentes porque ele armou a fuga. Duda acusou. Fácil dar uma de herói ganhando medalha pelas bolações alheias.

Alê avermelhou. Minguou, relembrou, contra-atacou. Pintou o maior quebra-pau. Justiceiros *versus* injustiçados. Xingos, acusações, cobranças. Ameaças de vai não vai.

Lea se acalmou pra acalmar a barra-pesada armada. Amaciou a voz. Mudou o tom berrador-briguento-acusador e melodiou a sua fala.

Descobertante foi rodopiar, se esconder, correr, se perder pelos enormes salões da terceira porta. Demais de demais!

Espantoso foi ter coragem para girar a maçaneta da porta da entrada. Sozinha. Por conta própria. Sem ninguém pedir. Muito menos mandar. Foi ela quem encarou de cara. Só ela! E abriu todas as possibilidades de todos abrirem todas as portas. Recadou direto pro Duda. Nem por isso pediu medalha nem troféu...

Duda se ligou no próprio umbigo e detonou. Inesquecível o que sentiu no alto da árvore gigante, os pés balançando no ar e os olhos se estendendo por um mundão infinitamente desconhecido. Muito longe do chão. Suspenso perto do céu. Inacreditável. Incontável.

Atravessar árvores e galhos pendurado num cipó como o Tarzan foi um espanto até pra ele mesmo. Nunca se imaginou encarando uma dessas... E curtindo!!! Lindura foi ver Renata com os cabelos floridos, se balançando pelo arco florido. Um retrato da própria primavera!!!

Lea cutucou. O mais pavorento? O pior de tudo? Pensadas, pesadas, balançadas. Alê começou. A tonteira em cima da árvore, ter que desistir e descer rápido. Se sentiu frágil, doentinho, precisando ser paparicado. Bem ridículo.

Renata tremelicou só de lembrar. A cobrona, na estrada. Ainda na ida. Assustadora! Paralisante.

Duda destravou piscando pro Alê. Ficar trancado, sem ver a saída, na sala de torturas. Foi torturante! Por isso, importante mapear a fuga. Lea jorrou. As muitas vezes que se perdeu. Nos salões, no jardim, procurando um banheiro... Uma aflição horrenda aumentando, agigantando. Pavorantemente péssimo!

Alê desencavou outra parada pensante. Falar da marcação de bobeira insuportável. A envergonhante. Renata sabia sabido. Não nadar no rio até bem embaixo. Não boiar até muito além. Ficou na vontade entalada.

Alê pasmou com seu apalermamento no corredor dos espelhos. Não conseguiu embarcar nas brincadeiras espelhadas. Não viajou. Parou e paralisou na frente. Incompreensível a bobeira abestada.

Lea quase se estapeou. Podia abrir mil portas mais, bem rapidissimamente. Espiar, xeretar e cair fora, se desinteressantes, sem graça. Como fez na do boliche, do bilhar. Ia desengolir muitas das suas curiosidades chaveadas...

Duda piscou pra Renata. Olhou bem nos olhos dela. Ajeitou o cabelo, amaciou a voz. Pra ele, indesculpável foi o tempão que demorou pra perceber os encantos da gata-sereia Renata. Desatinou. Ficou incomodado com a mandonice e a metidice dela. Quase deixou escapar o lance inteiro. Demorou, mas pegou a tempo...

Duda aproveitou seu próprio gancho. Perguntou. O maior arrependimento. O que deixou passar batido, fingiu que nem viu...

A mesmíssima resposta. De todos. Ao mesmo tempo. Um coral desafinado, atropelado, resmungando as mesmas reclamações. Demorar muito pra sair do hotel e perder um tempão... Não imaginar que ia ser tão fantástico. Inaguentável foi largar tantas portas ainda por abrir e ir embora sem nem desconfiar o que elas escondiam de maravilhento...

Lea desatentou, borboleteou, vagueou. Demorou, aterrizou. Esperou baixar as altas turbulências. Falou devagar, pra ela mesma bem entender. Descobriu que tinha também muitas portas para dentro dela. De dentro dela. Até mais importantes para abrir do que a de muitas salas e saletas. Muito mexetivo! Muitíssimo sacudidor!!

Alê engoliu o espanto. Aproximou devagar e falou depressa. Ela deixou de ser o Patinho Feio. Naquele minuto, daquela hora, daquele dia exato. Acabou de virar cisne. Ela se abriu para flutuar deslizante...

Muitos mais metros andados. Muitas cantorias, alguns silêncios. Assobios, palmas, piques e hurras, vaias. Arrastações cansadas, aceleradas irritadas, desistência de dar uma boa duma descansada... Alguns carinhos desaforentos, muitas provocações gargalhantes. Impaciência pra chegar.

No alto duma curva, Duda ficou na ponta dos pés. Se alongou. Sem árvores por perto, subiu numa pedra. Fixou a vista, rodeou. Pulou pra outra mais alta e mais outra bem mais alta. Conseguiu, enxergou. Longe ainda, piscando as luzes do Hotel-Fazenda. Explosão de alegria. Desabalada acelerada.

Bem depois, chegada na portaria e encontro com todos os pais. Abraços e carinhos sem ter fim. Cafunés e beijocas desajeitadas. Atrapalhação atabalhoada nas alegres contentezas. Vistorias nos machucados, cortes, marcas roxas, mordidas, arranhões. Alta geral aliviante. Só uma bronca com a demora pra voltar. Se perdeu no meio da confusão de vozes falando, chamando, perguntando e respondendo. Juntos e ao mesmo tempo.

Lea falou devagar, pra ela mesma bem entender. Descobriu que tinha também muitas portas para dentro dela. De dentro dela. Até mais importantes para abrir do que a de muitas salas e saletas. Muito mexetivo! Muitíssimo sacudidor!!

13 *Prosa na varanda*

Duda, Alê, Renata e Lea pediram um tempinho. Corrida à procura de banheiros vazios. Urgência de derramar muito xixi. Depois, lavadela rápida no rosto, braços, mãos, tiração dos tênis, pés descalços. Sensação de soltura limpa. Parada no refeitório pra engolir litros de sucos e refrigerantes, bicar um doce bem doce e desabalada pro encontro com os pais na varanda. Excitação animada. Prontos para a contação do superpasseio.

Horas na falação. Suspiros, interrupções, recomeços, metidices, ampliadas e diminuídas, encantamento maravilhado. Perguntas curiosas e invejosas dos adultos. Pedidos de detalhes, pra repetir só mais uma vez um pedacinho, pra voltar pruma das primeiras portas, quase pra rebobinar a fita e começar tudo de novo... O público aumentou. Outros hóspedes. Garotos e adultos. Fissuração geral.

Repetição incansável da mesmíssima pergunta. O que era lá? Por que sem ninguém agora?? Abandonado? Largado? Herdeiros processando? Brigas na Justiça? Projeto embargado de construção dum condomínio ou *shopping*?

Palpites dos adultos-ouvintes e dos adultos-passantes. Raciocínios, apostas, forçações de barra. Chutações que lá foi um convento, um *spa*, uma colônia de férias, a comunidade rural duma seita exótica, uma clínica para recuperação de drogados.

De mansinho, achegou o jardineiro do Hotel-Fazenda. Parou, se aprumou, arrumou seu chapéu, pitou seu cigarrinho de palha, escutou a contação entusiasmada. Ouviu as perguntas sobre o casarão e as mil explicações estapafúrdias. Estourou na gargalhada. Todos os pescoços virados pra ele. Olhadas entortadas.

Ele sorriu sábio. Nenhum mistério. Só um lugar pra fazer filmes. Uma espécie dum estúdio de cinema. Sempre alugado. Às vezes para rodar um filme inteirinho, às vezes só algumas cenas. Ou um vídeo, séries de televisão, comerciais, fotografias.

Por lá, sempre cheinho de artistas. Divertido circular e topar com um artista vestindo um *smoking*, uma peladona enfeitada com um só brinco de pena, um caipira sem botas e de chapéu, outra desfilando moderníssima pros cliques do fotógrafo.

Por lá, sempre animado. Sempre alegre. Melhor do que ir ao cinema era fazer cinema. Muito ótimo quando contratavam o pessoal da cidade pra fazer figuração. Pôr fantasias e perucas, barbas e tranças, maquilar, andar fazendo caras e esperar ser filmado. E ganhar dinheiro pra brincar! Do lado de famosos!!!

Sentiu o interesse de todos. Olhos grudados nele, ouvidos sem desviar da sua boca. Alguém perguntou, ele respondeu. Seu nome, Juca Bigode. Juca, o nome. Bigode, o apelido. Pelo bigodão que usava... Profissão, jardineiro. Casado com a cozinheira do hotel. Moravam lá pra mais de vinte anos.

Continuou a explicação. O casarão era um lugar enorme, bonito, antigão, muito bem conservado. Disputadíssimo. Possível fazer filmes sobre qualquer tema, acontecendo em qualquer época e em qualquer tipo de paisagem. Por lá jardins com estátuas, rio, montanhas, árvores gigantes, espelhos, alçapões, escadinhas espiraladas, corredores, salões de baile, varandas. De tudo. Por dentro e pra fora.

Todos antenados nas informações do seu Juca. Ele gabolou e continuou. Descendo mais, muito lugar para filmes de aventuras. De caçadas, contrabandos, guerras, guerrilhas. Filmes ecológicos. Paisagem com vales, despenhadeiro, montanha, terra seca, matagal, rio dando numa cachoeira coberta por véus de noiva.

Na cachoeira, tudo para cenas de canoagem, perseguições, sumiços, lutas com afogamentos. Também cenas de amor quentes, com muita sem-vergonhice de mentirinha e os artistas quase sem roupa de verdade.

Pausou envaidecido e seguiu. Prum outro lado, também bem pra baixo, uma arena enorme pra rodeios. Boniteza caprichada! Orgulho de todos! Mais pra esquerda plantações de soja e de chá. Grandonas. Cuidadas. Perfeição pra fazer cenas de roceiros, emigrantes, fazendeiros milionários, caipiras engraçados.

Pelo matagal e no parque das árvores gigantes, o lugar ideal pra filmes de crianças. Bichos de sobra. E sob medida pra histórias de sacis, ETs, mulas sem cabeça, bruxas pitadeiras, sereias, marcianos, fadas, duendes.

Seu Juca Bigode continuou. Muitos quartos pros artistas e técnicos dormirem. Cabia muita gente. Conforto e economia. Barato, sem precisão de hotel e já acordando no lugar da filmagem. Sem precisão de condução e com horário menos madrugador para acordar...

O jardineiro coçou contente o bigodão. Filme longo e a equipe por lá um tempão, certeza de muitas festas festeiras. Pular fogueira, dançar quadrilha, tocar sanfona e bailar até o sol raiar, contar e ouvir causos de assombração, entoar junto com duplas caipiras, apostar em briga de galo, se empanturrar com comidas, doces, melados e outras gostosuras da roça. Bom demais!!!

Seu Juca respondeu umas perguntas. Entre um filme e outro, tudo fechadíssimo. Ninguém entrando, olhando. Antes de começar o próximo, faxinada completa. Com doação dos objetos esquecidos. Depois, outra. Excursão ou passeio pra lá, nunca. Atrapalhação garantida. Por isso, impossível achar no mapa. Nem com lupa...

E a última questão. Não tinha ideia de quantas portas existiam no casarão. Nunca pensou em contar...

Espanto total. Renata arregalou os olhos. Lea se beliscou. Duda limpou as pestanas, procurou colírio. Alê devagarou pensando. Depois, falou pausado.

Tudo que viram, que parecia sonho, era de verdade. Um faz de conta pronto para tornar de verdade um outro faz de conta inventado por um escritor de cinema que ia virar de verdade na representação dos artistas. E que ia ser faz de conta quando passasse no cinema ou na televisão. E de verdade pra quem acreditasse na história. Demais de demais!!!

Alê conferiu com os olhos. Duda, Renata e Lea entenderam direitissimamente. Os adultos boiaram direto.

Formou rodinha. Pra pensar num filme deles mesmos. Supercaprichado. Supermaravilhento. Só crianças e jovens na invenção da história e adultos como atores obedientes. Entusiasmo total!!!

14 *Boa noite!*

O sino badalou e avisou. Hora do jantar. Breque no papo, preparativos pra comer. Tomar banho, trocar de roupa, arrumar os cabelos, ficar cheiroso. Correr pra pegar uma boa mesa no salão.

Pra todos os hóspedes, último jantar e última noite juntos. Final do pacote duma semana. No dia seguinte, de manhã cedo, partida geral. Faxinada pra entrada de novos hóspedes. Novas caras, novos nomes, novas simpatias e antipatias, novos sorrisos e novas resmungações berrentas e choronas.

No salão, pratos e talheres enfileirados. No bufê, alfaces crespas, maioneses, tomates fatiados. Olhar, escolher. No fogão de lenha, panelões com comida quente. Olhar, cheirar, escolher. Tudo junto ou em duas vezes. Frango ensopado, carne assada, arroz, lasanha, cenouras. Prato pronto para levar pra mesa, encomendar o que beber e mandar ver. Repetir se estiver a fim. Ou se servir da segunda parte. Depois, saborear as sobremesas. Doces caseiros e salada de frutas.

Renata repetiu o frango com quiabo. Devorou o pudim de leite, a cocada, a musse de maracujá. Bicou mais cocada. Contentou.

Depois da comilança, troca de telefones e endereços. Promessas de se visitar sempre. Ver as fotos de todos. Nas próprias casas, experimentando as próprias receitas. Ou encomendando uma *pizza-delivery*. Ou caixinhas do chinês com muito frango xadrez... Risadas com a farra combinada... Pra encerrar a noitada no hotel, um *show* animado com um sanfoneiro, cafés bem doces e novas despedidas.

Lea abraçou Renata, que abraçou Duda, que abraçou Alê. Sorrisos enormes no rosto dos quatro. Mãos apertadas, brilho nos olhos, segredos divididos. Maior sorte a trombada deles. De cara e gostando das caras. Uns dos outros. Maior dentro e dentro da piscina! Pena só que não foi no primeiro dia... Aí ia ser grude pro resto da vida...

Encontro marcado pro próximo sábado. Lanche na casa do Duda. Pra recordar as maravilhanças encantadas do casarão e inventar uma história pra virar um filme e ser filmado lá.

Lea disparou. Escrever a história das acontecências vistas por detrás de cada uma das sete portas. Contar com detalhes. Misturar palavras, lugares espantosos de lá e as caras deles. Barbaramente bárbaro!

Duda impacientou. Não só contar o que viu, mas mais o que sentiu. O que fez, deixou acontecer, freou, escapuliu... O que se jogou de cabeça, o que pediu bis e o que nem sacou. Renata pasmou. Deu tchaus para a antiga quadradice dele. Parou total no moderno Duda! Resolveu resolvido. Mesmo. Deixar a paquera rolar...

Renata somou alto. Além das sete portas, a oitava e a nona, pra poder inventar adoidado. Se soltar. Botar o que deixou de ver, mas querendo ver. Muito! O que nem viu, porque não deu tempo. Pulou, acelerou, escolheu outra porta, passou batido... E o que nem viu só porque nem existia por lá. Dar um jeitinho, no filme, de fazer existir.

Alê gargalhou. Pra ele, número perfeito era o treze. Solução. Sete portas vividas e mais seis das muito bem imaginadas. Misturar o de verdade com o faz de conta. Dosando legal, misturando bem. Sem esquecer o toque da Lea. O das muitas portas para dentro.

Beijocas e carinhos. Reencontro no outro sábado, na casa do Duda. Às três horas da tarde. Endereço copiado e condução explicada. Nada de levar mochila. Por enquanto, montinhos de papel branco ou colorido e canetas e lápis. E muitas memórias especialmente faiscantes e milhões de ideias cintilantes!

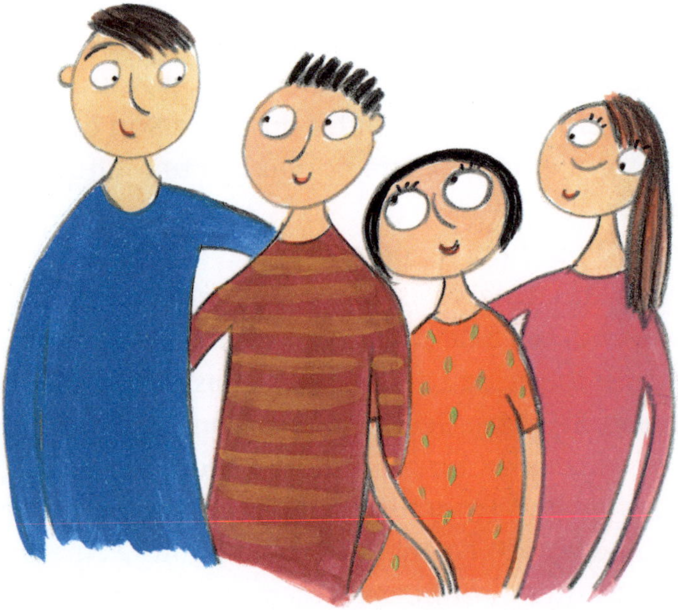